멈춰진 삶,
그 안에 내가 있었다

멈춰진 삶,
그 안에 내가 있었다

초판 1쇄 인쇄일 2017년 6월 14일
초판 1쇄 발행일 2017년 6월 24일

지은이 장봉균
펴낸이 양옥매
교 정 임수연

펴낸곳 도서출판 책과나무
출판등록 제2012-000376
주소 서울특별시 마포구 방울내로 79 이노빌딩 302호
대표전화 02.372.1537 **팩스** 02.372.1538
이메일 booknamu2007@naver.com
홈페이지 www.booknamu.com
ISBN 979-11-5776-441-9(03810)

이 도서의 국립중앙도서관 출판시도서목록(CIP)은 서지정보유통지원 시스템 홈페이지(http://seoji.nl.go.kr)와 국가자료공동목록시스템 (http://www.nl.go.kr/kolisnet)에서 이용하실 수 있습니다.
(CIP제어번호 : CIP2017014068)

멈춰진 삶
그 안에 내가 있었다

德山 장봉균

책과나무

시인의 말

눈부신 햇살이 비껴간다며, 울상을 부리던 시기가 있었습니다.

IMF와 기저귀를 떼지 못한 아이들의 해맑은 웃음은 힘든 나날의 버팀목이었고, 나를 성장하게 했습니다.

어린이집에 갈 나이가 아니었지만, 경제난에 허덕이던 나는 어린 아이들을 어린이집에 보내야 했고, 아이들 엄마는 울면서 주저앉아 버렸습니다.

무일푼으로 사업을 시작하여 안사람과 힘들게 버티기를 했습니다.

새벽과 새벽이 다가오는 시간까지 사무실과 현장을 오가며, 허기진 배를 움켜쥐던 순간에도 아이들을 생각하며, 무거운 어깨를 들어 올렸습니다.

사업을 시작한 지 2년이 지나서야 조금씩 자리 잡기 시작했고, "생각을 바꾸면 인생이 바뀐다."라는 사훈을 가슴 깊이 새겼기에 가능하지 않았나 싶습니다.

아이들이 어린이집을 떠나고 초등학교를 들어섰을 때부터라고 생각이 듭니다. 조금씩 판매되는 물량은 늘어났고, "쥐구멍에도 볕 들 날 있다."라는 말처럼 긍정적인 생각과 끊임없는 노력이 햇살을 움직여 삼시 세끼 걱정은 덜게 되었습니다.

그리고 "멈춰진 삶, 그 안에 내가 있었다."를 펴내며, 내 삶을 돌아보는 시간을 마련할 수 있었습니다.

2017년 6월

장 봉 균

목차

1부

행복, 그 안에 내가 있다

2부

태양 아래 그림자

3부

멈춰진 삶, 그 안에 내가 있었다

4부

너에게 길을 묻다

5부

나만의 향기를 찾아

1부

행복,
그 안에 내가 있다

4월의 봄비

하얀 백지에 꾹꾹 눌러
인생의 환희를 꿈꾸는 자여
희망은 당신의 몫이다

수많은 정보와 발품
눈치 게임하듯 살아가는 인생
한 치의 양보도 없다

백지 위에 눌러 쓴
선명한 숫자는 근소한 차이로
새로운 인생이 펼쳐진다

인생의 텃밭에 봄비가 내리니
농부의 가슴에 설렘이 가득하고
희망의 꽃은 피어난다.

동백꽃 필 때면

흐트러진 시간을 즐기며
벚꽃 향기 가득한 산촌을 지나
코스모스 흐드러지게 핀 꽃향기
조금씩 조바심이 찬다

꿈속에서 우윳빛 왕자님
달콤한 목소리로 간지럽히고
부드러우면서 카리스마 넘치는
매력에 반해버린다

아메리카노 행복 한 잔
서정적인 멜로디에 깊은 감동과
우수(憂愁)에 찬 목소리
감성을 나눠 마신다

흩어져 있던 생각과 행동
참을 수 없는 욕망과 갈망
간절함은 그리움이 되고
빨간 동백꽃은 피어나리라.

갈매기 날다

시간과 흐름 앞에
바다 향이 가득한 갈매기와
마주 서 있다

기분 좋은 날갯짓
짭조름한 하늬바람을 가르며
애틋한 눈빛으로
빨간 등대를 가리킨다

하늘과 맞닿은 쪽빛 바다
뭉게구름 장난하며 어깨동무하고
통통배 한 척 파란 물결
시원하게 가른다

은빛 멸치 하늘 향해 날자
날갯짓은 바빠지고
태양에 그을린 까무잡잡한 얼굴
하얀 이로 화답한다

녹슬은 통통선은
등허리 굽은 어부를 보는 듯하다
등허리와 같다

꿈틀거리는 심장 억누르고
바라본다.

내일은 희망이다

눅눅한 쪽방
침대 하나 덩그러니
취기는 달린다

하늘을 쳐다봐도
보이지 않고 눕자니
왠지 껄끄럽기만

초록과 갈색
좋다 좋다 하면서
분위기 띄운다

행복을
한잔 나눠 마시니

에메랄드빛 바다
야자수가 내려다보이는
테라스에 앉아 있다

행복을

또 한 잔 나눠 마시니

조명이 멋진 강당

열띤 강의와 토론장이 되어

행복의 꿈을 꾼다.

독산성의 기백

그늘 한 점 없는 그야말로 땡볕 속의
산행을 하며 한 계단 오를 때마다
흐르는 땀으로 계단을 흥건히 적시고
온몸은 초록샤워를 한다

한 땀 한 땀 장인의 정신이라고 했던가
성곽을 오르며 크고 작은 돌멩이를
다듬으며 무더위에 행주치마와 등짐으로
독산성을 쌓아 올렸을 생각을 하니
지금의 샤워는 양반일 것이다

민둥산에 가까울 정도인 독산성
말을 흰 쌀로 목욕시키게 하여 위기를 모면한
권율 장군의 용병술이 살아 숨 쉬는
성벽을 따라 걷노라면 어느새 장군이 되어
칼날은 왜놈의 목을 겨누고 있구나

세월만큼 흐느껴 울었을 날들이기에
솔향기 가득 불어 넣어 가슴으로 품고
그늘 밑에 앉아 내일을 생각했을 선조들
무엇을 생각하고 무엇을 갈망했을까.

매화꽃 사랑

당신을 부를 땐
귀여운 부끄럼쟁이라 부를게요.

수줍은 듯 고개를 돌리며
손가락 약속을 했던 고백의 순간
당신은 힘들게 했지요

연분홍 연지(臙脂)는
태양처럼 더 붉게 타오르고
별님은 동무 되어
눈썹엔 서리가 내리네요

해는 서산에 두 번 걸치고
혹독한 찬바람을 이겨낸 앙상한 나뭇가지
연둣빛 사랑이 솜털처럼
피어나네요

매혹적인 어둠의 사랑이라

부르지 않을래요

당신은 꽃길 따라

조용히 찾아온

가슴이 따뜻한 사랑이지요.

행복, 그 안에 내가 있다

행복을 찾기 위해선
고통을 참고 지내야 하는가 보다

하루도 아니고 몇 년째
공사판 한가운데를 곡예하듯 달리는
자동차와 인생은 너무도 닮아있다

극심한 소음과 먼지와의 싸움은
부딪치지 않으면서 살 수 없듯이
우리네 인생도 그러하다

마스크를 쓴 네 바퀴
흙투성이에 꾹꾹 쌓아 두었던 피멍을
봄비는 감싸 안으며 닦아준다

어둠이 내리는 퇴근길
가로등불은 네 바퀴를 따라다니며
막걸리 한 잔을 조른다

시원스레 목청을 적시고

해물파전은 행복한 수다를 나눈다

오늘도 어깨동무다.

민들레꽃

자유를 찾던 비행

돌 틈과 아스팔트 사이

샛노란 웃음은

축복의 눈물이어라.

나만의 행복

허름한 슬레이트 공장
찡찡대는 검둥이와 누렁이
뒹구는 모습 귀엽다

백일 지나 홀로서기
힘들 법도 한데 서로 의지하며
재롱도 한껏 늘었다

슬레이트 공장에서
세월이 지나 번듯한 공장이 되었고
그들도 같이했다

말동무가 될 때도 있었고
화풀이 대상도 되었던 그들에게
지금의 영광을 주고 싶다

지금은 검둥이가 없지만
누렁이를 보러 주말인 내일도
모레도 달려갈 것이다.

아름다운 비행

얼음 깊이를 알 수 없는 대지
작은 이끼들만 자라 순록의 먹잇감이 되고
부메랑을 만들어 하늘을 맴도는
쇠기러기들의 군무

툰드라에서 고향으로 끝없이 펼쳐진다.

눈보라 속 대지는 얼음이 되어 가고
생명체는 따뜻한 품이 그리워
이동하지만, 툰드라에서 놀던 쇠기러기
엄마 품을 찾아 비행은 시작된다

노환으로 날지 못하고
아파서 비행을 같이 못 했던 형제
보고 싶은 마음에 밤을 새워 가며
쉼 없이 날았던 지난밤

눈보라에 날개는 얼어붙고
떨어져 나갈 것만 같았지만
추위와 눈보라는 장애물이 아니었다

드넓은 천수만의 하늘
환하게 반겨주는 부모형제의 따뜻한 품에서
지난밤의 살을 에는 듯한 아픔은
뜨거운 눈물 되어 흐른다.

꽃 방울 수국

한 장의 사진으로는
만족하지 못하는 사진가처럼

작은 꽃 하나로는
아름다움을 표현하기에는
부족했나 보다

시간이 지날 때마다
알록달록한 향기로 신비감을 주고
황홀감을 안겨준다

네 잎 클로버처럼 행운이
한 개도 아닌 수많은 꽃이
한군데 모여 있으니

어찌 사랑하지 않으리오.

봄비

비 오는 날엔 여명을
볼 수 없다

내리는 눈물 앞에 그대
아지랑이가 피어오르듯
눈앞을 아른거리며
사라진다

녹을 것 같지 않았던
한 모퉁이, 자물쇠로 잠근 작은 상자
빗물에 녹아 열리고
씨앗은 부활을 준비한다

움츠린 삶
파릇한 새싹은 돋기 시작하고

가슴을 부여잡았던 흔적
봄비 속에 사라져 간다.

배추 화장하던 날

빳빳한 고개도
세월의 흐름에 따라 굽혀 가듯이
추파(秋波)의 황금 벼 이삭도
알알이 꽉 차 고개를 숙인다

찬 서리 내려앉은 배추밭
하얗게 꽃이 피고 나면
소금물에 여러 번 목욕하고
빳빳하게 쳐들었던 고개도
살짝 내려앉는다

수육과 소주 한 잔에 물들고
한적한 시골 마을 뒷방 신세 아버지도
숨죽은 배추와 김치 통을 나르며
웃음꽃에 동참하신다

빈 차에 한 개씩 넣을 때마다

부모님 사랑도 차곡차곡 쌓여가고

현실의 장벽에 가려져 있었던

가족의 사랑도 느껴본다.

유채꽃 사랑

청명한 하늘은 당신을
더 노랗게 만들고
선글라스에 비친 당신은
웃음 가득하다

하늘 향해 뻗은 손은
노란 당신의 마음을 찍고
반짝이는 내 얼굴은
당신에게 안긴다

흔들리는 노란 물결
당신의 귓속말에 시간은 눕고
진한 향기에 머물다
얼굴은 어느새 홍당무가
되어간다

당신이 떠난 그 자리
진한 향기는 내 가슴을 뒤흔들고
방안 한구석에 앉아
노란 물결을 그리워한다.

블랙커피와 마주 선 너의 향기

아침은 바쁘면서 한가한 듯
창 너머 세상은 평화롭기 그지없고
블랙커피에 햇살 한 숟가락을 잘 저어
한결 부드러운 맛에 빠져든다

화려하게 피어나는 눈꽃
며칠 동안 눈을 호강시키기 충분했고
돌돌 말은 목도리, 내민 얼굴
에스키모족을 보는 듯하다

건들바람에 춤추는 파도 따라
길을 걷고, 지나갔던 연인들의 발자국을 따라
한 발 내밀며, 그들의 웃음을 기억하듯
따라서 웃어본다

힘차게 솟아오르던 갈매기
추위에도 아랑곳없이 짝을 찾아 날고

바람에 날린 향기는 갈매기마저
급선회시키고, 주위를 맴돌다 돌아간다

햇살 가득한 블랙커피
입 안 가득 너의 향기를 마셔본다.

튜울립

한 송이 꽃이 되어

화려함으로 나의 발길을

멈추게 하고

한 번도 맡아보지 못한

진한 향기로 나의 발길을

멈추게 하는

당신은 누구인가요?

어디서 본 듯한데

너무 예뻐 기억이 나지 않네요

자세히 보니 당신이군요

하마터면 지나칠 뻔했네요

밤마다 별과 노래하며

떠올렸던 당신, 꽃이 되어

나의 발길을 멈추게 했군요

당신을 지나칠까봐
더 화려하게, 더 진한 향기로
발길을 사로잡은 당신

귀엽고 사랑스러운
나만의 향기로 내 옆에서
영원히 남아주세요.

향긋한 나의 봄

그녀와 같이했던
수많은 사랑의 추억은
파릇한 새싹이 눈발의 고통을 참듯
가슴 한구석은 텅 빈
사탕 창고로 변해 가고 있다

쥐들도 얼씬하지 않는
을씨년스런 텅 빈 창고 안에 앉아
막대사탕을 입 안에 넣어보지만
달콤하면서도 씁쌀함에 가슴은
울고 있다

손톱을 세우고
칼날을 내뱉었던 수많은 단어가
사계를 지나 또 지나도
심장에 박혔던 비수(匕首)는 빠지지 않았다

하지만,
그녀는 언제나 나의 사람이다

나비가 날 듯
그녀는 방긋 웃으며 날아와
살며시 앉을 것이며

화사한 블라우스와
꽃무늬 주름치마를 입은
그녀는 벚꽃 향이 가득한 봄으로
찾아올 것을 알기에

텅 비어있던 막대사탕을 하나둘
채워본다.

노루귀 꽃

돌고 돌아 맴돌다
잠시 쉬어 가는 산 중턱

파릇하게 물오른 나무와
능선에 겹겹이 쌓인 낙엽은
새 생명의 은신처가 된 지 오래고
하얗게 쌓인 눈은 꿈틀거리는 아기의
생명수가 된다

꿈틀꿈틀 낑낑대며, 눈 덮인 낙엽을 헤집고
아장아장 기어 다니는
솜털이 보송보송한 꼬마 녀석
퍼즐 맞추듯 온몸을 비틀어대며
젓가락처럼 하늘을 향해 우뚝 솟아
양기(陽氣)를 받는다

화판(花瓣)은 없고
총포(總苞) 위에 새색시 연지곤지 찍고

시집가듯 청사초롱을 앞세워

화려하게 치장한다

눈도 녹지 않고, 화판도 없는데

보고 싶은 마음

참을 수 없었나 보다.

2부

태양 아래 그림자

비 맞은 담쟁이

공장 앞 폐가(廢家)

푸르름을 자랑하는 무성한 잎

한여름 뜨거운 열기

온몸을 불사르며 막아선다

인기척 없는 서늘한 집

고양이만 자주 들락날락

매일 아침저녁으로 볼 때면

등골이 오싹해진다

줄기와 잎을 타고 오르는

뱀을 상상하기도 하고

벌과 모기, 해충이 날아다니기에

경계심을 놓지 않는다

폐가(廢家)라는 마음의 공포

바짝 마른 벽을 한 방울의 물을 찾아

벽을 갉아 먹어가며 살아가는

끈질긴 생명력

봄의 소리

날아간 생각을 업고
뒤돌아서는 눈엔 하염없이
상념이 흘러내린다

꿈꾸어 왔던 지난 발자국
꽉 끼었던 신발은 발가락을 먹고서야
헐거워졌다

돌아설 수 없는 그 길
갈 수밖에 없었던 내일

가슴의 상처를 숨기려
전신에 붙였던 밴드는 아무 말 없이
생명을 다한다.

폐허 속의 꽃이 아름답듯이
내 마음의 작은 씨앗은
폐부 작은 언저리에서부터
꿈틀대고 있다.

태양 아래 그림자

석면이 잔뜩 들어간
슬레이트 지붕 사이 빗물은 흐르고
분유통은 땡그랑 소리뿐
아기는 혼자 놀고 있다

형광등은 어둠에 먹혀버리고
흡혈귀의 먹잇감이 되어버린
두 다리는 퉁퉁 부어
긁적거리는 소리만 들린다

밥도 나오지 않는 컴퓨터
쉴 틈 없는 두드림에 자판은
허리도 못 펴고
늦은 밤까지 담배 연기는
동그랑땡을 만든다

호숫가 수양버들 나무 아래

빵 한 조각 목메어 눈물 젖고

땡그랑 소리 화들짝 놀라

정처 없는 길을 떠난다.

게임 중독자

현실을 무시하고
아침과 저녁을 분간하지 못한다

하루 세끼
한 끼를 먹었는지
오늘이 내일이 된 건지도 모르고
어두컴컴한 광란을 즐긴다

삶 속에 현실은
받아들이기 어려운 고독이고 슬픔이다

배고파 우는 아이
초롱초롱한 눈으로 현실을 어떻게
받아들이고
누굴 탓해야 할까?

시끄럽게 울던 소리는
적막을 뚫고 간간이 울리다가 사라진다.

형설지공(螢雪之功)

잔잔한 피아노 선율
묵직한 가슴 내려놓게 하고
눈을 떠 붓을 잡는다

흑과 백 사이의 공간
하얀 화선지는 가슴이 되고
붓은 내일의 마음을 적는다

잘록한 허리선을 따라
가늘고 묵직한 붓으로
일필휘지(一筆揮之)하니

엄동설한(嚴冬雪寒) 칼바람도
도포 자락 휘날리는
바람 앞에 기가 죽는구나.

그림자 사랑

대청마루에 앉아 있다가
처마 밑을 걸으며
기와담 사이에서 불어오는
색바람에 눈을 감는다

살살 붓 터치를 하며
분홍과 하얀 분칠은 시작되고
전생에 입었던
화려한 꽃무늬의 한복으로
갈아입는다

펄럭이는 치맛자락을 살짝
추어올리고
종종걸음으로 사모하는
선비님을 기다리며
대문을 살짝 열어 놓는다

도포 자락 휘날리며
대문 저 멀리 인기척에
화들짝 놀라 신발은 날아가고
버선발에 안긴다

따뜻한 온기가 접어들 때쯤
나를 감싸고 있던
한 줌의 바람
담 사이를 넘어가고 있다.

베란다 너머 목련꽃 피네

행복을 잠시 돌려 보는
조용한 휴일입니다

잔잔한 클래식 선율은
굳어만 가는 신경과 근육을 풀어주고
구정물 속에서 더러운 말들을 듣고 있던
필터는 깨끗이 정화되네요

아름다운 시화는
자갈이 데굴데굴 굴러가 뜰 수 없었던
길 잃은 고양이 신세였으나
하얀 목련의 호수는 맑은 물이 되어
밝은 빛으로 태어났지요

나에게 詩는
어둠의 세상을 밝게 빛나게 해주고
행복을 꿈꾸게 하는 힘이 있습니다

긴장 속에 살았던 시간은
휴일을 맞아 행복을 되찾고 있네요

당신의 행복은 어디에 있나요?

나의 행복은
지금 이 순간 자판을 두드리며
당신을 생각하는 시간이 행복입니다

화창한 봄날
따뜻한 햇볕을 받으며
베란다 너머 핀
목련꽃 같은 당신을 그리며 말입니다.

침묵은 폭풍이다

고요는 참을 뿐
파장은 잠들지 않는다

평온의 대가는
가슴을 아프게 하고
헛배 부른 비틀린 창자
배출은 검다

희망이란 두 글자에
썩어가는 배를 도려내리라.

아픔도 슬픔도
느끼지도 못하는 그대
오늘도 말없이
내 주변만 돌고 있다

폭풍이 지나갈 때쯤
화사한 진달래꽃은 피리라.

수화기 너머, 나를 보다

하늘을 날고 있는 배를 보라
알 수 없는 현상에 눈은 휘둥그레질 것이고
미쳐 날뛰는 전화기는
상대를 흥분시키는 데
좋은 먹잇감이 될 것이다

하나의 울림은
공기를 증폭시켜 물방울이 퍼지듯
파장은 미쳐야 할 곳과
아닌 곳을 구별하지 않고, 왜곡된 울림으로
들이닥치게 될 것이다

은빛 비단 그물에 걸린 곤충은
발버둥 치면 칠수록
더 깊숙이 블랙홀에 빠지게 된다
헤엄쳐 나올 수 없을 정도로
어둡고 깜깜한 그곳

머리는 돌로 굳어 각인되어 간다.

꿀벌의 반란

아카시아 향기와 달콤함에
어둠인지 밝음인지도 모르고
쫓아가야만 했던 시간은
처절한 비린내다

단물을 찾아
뺏고 뺏기는 말벌싸움에
굶어서 날기도 어려운 꿀벌만
길바닥에 내몰리고 있다

다 처먹은 벌통을
핥고 또 핥으며
날카로운 침으로 위협하고
내몰린 꿀벌을 인정사정없이
짓밟아버리고 돌아선다

돌아선 자리엔
동료의 썩은 시궁창 냄새가
끝없이 진동한다

길바닥에 널브러져

굶주림에 깃털도 못 세웠던

시간을 추스르고

십시일반(十匙一飯) 모은 꿀은

날기도 어려웠던

꿀벌의 동력이 되어

아름다운 비행을 시작한다.

억압은 세상을 어둡게 만든다

세상을 이루고 있는
모든 물체는 중력의 법칙에
순리대로 따라가며 살아간다

아이들은 어른들의 말을 따르고
깊은 산속에서부터 흐르는 시냇물은
넓은 강으로 흘러간다

이렇듯 세상은 순리대로만
산다는 것이 정석처럼 느껴진다

하지만, 아이들의 생각을
어른들이 지배한다면 냉전뿐이고
순리는 절대적이라 볼 수 없다

영조가 사도세자를 뒤주에
감금했을 때, 우리는 순리에 따르려 했고
막으려는 자 모두 쓸어버렸다

세상은 이렇듯 억압과 힘으로
만들어졌지만, 생각이 다르다 하여
처단하거나 속박해서는 안 될 것이다.

판자촌

파뿌리가 될 때까지 삶을 살았지만
나 하나 건사할 아들이 없고 딸이 없구나

자식이 아무리 많아도
필요할 때 쓸 놈이 있어야 하거늘
외롭고 힘들 때
수화기 들 곳이 없구나

좋은 게 좋다 하여
수염 뽑히는 줄 몰랐던 할아버지도
컬컬대며 웃으시지만
손주 녀석 가버리면 텅 빈 방
가슴 시려 눈물짓는구나

추적추적 내리는 빗방울
길 위에 단풍잎은 나뒹굴고
거실엔 어둠이 깔린 바람 소리
쓸쓸히 겨울을 맞는구나.

출사, 너를 잡고서 평정을 찾는다

수탉은 창공의 메아리로 울건만
끌어안은 침대는 놓아줄 생각이 없는 듯
침대 모퉁이에 앉아 일출과 포근함을
저울질하며 졸고 있다

철근을 올려놓은 것처럼
들어올리기 힘든 한 장의 눈꺼풀
두들겨 맞은 듯한 몸뚱이는
옆에서 침대를 안으라 한다

학창시절 수업 중간 쉬는 시간
아마도 이 정도의 시간은 지나갔을 때쯤
틈새는 벌어지고 광명을 찾는다

일출 시간, 굽이치는 험한 산
정조준한 총은 너를 잡고 나서야
갈등했던 마음의 장벽을 허문다.

구름과 나

나그네처럼
정처 없이 떠돌아다니는
그대여

빨갛게 타오르던
장작은 기다림에 지쳐
까만 숯덩이가 되었구려

하늘을 볼 때마다
그대의 얼굴이 또렷해지고
품에 안기고 싶구려

사랑하는 그대여!

같은 하늘
다른 골짜기에 있더라도
몸 성히 잘 지내다 오시구려

돌아다니다 지쳐서

내게 잠시 들러준다면

버선발이 아니라

맨발로 뛰어 그대의 품에

안기겠나이다.

참된 효(孝)

벚꽃 향기 맡으며
걸어가는 길
길 잃은 깃털 하나
흙투성이가 되어 날아든다

눈처럼 내리는 벚꽃 사이로
금방이라도 떨어질 것처럼 날아가는
새 한 마리

독수리한테 습격을 당한 것 같아
걱정이 된다

안타까운 마음 길을 멈추고
서쪽 하늘 위태롭게 날고 있는
꽁무니만 한참을 바라보며

학창시절 무릎 깨고 오던 날을
흐릿하게나마 기억한다

내 방은 동이 트고 나서야 불이 꺼졌고
한 귀퉁이에 엄마는 졸고 있었다

부모는 자식이 무병 무탈하기를
온몸을 바쳐 살았던 것처럼
아픔 없이 살아가는 것 또한
참된 효(孝)가 아니겠는가?

내일을 약속하며

조명에 비친 시화 작품
멋지고 아름답지만 내 것이
아닌 걸 슬퍼하지 마라

시작이 반이라 했듯이
환하게 웃는 날도 자네에게
주어질 터

창작의 세계 힘들다 하지만
지금처럼 조금만 참아보면
웃는 날 있으리라

작품 세계에 빠져 있던 순간
한 곳을 응시하게 되고 자석처럼
끌려만 가고 있구나

옛 동무를 만나는 것처럼
발걸음은 가볍고 환한 미소는
내일을 약속하는구나.

새장 속, 날개를 펴며 날다

부서지는 파도에 밀려 바위는
갈매기의 쉼터였던 곳을 내어주고
어린아이가 된다

연인의 달콤한 속삭임과 추억의 장소
발가벗은 웃음으로 모래성을 만들고
화려한 부활을 꿈꾸기도 한다

불가사리와 치어들의 놀이터가 되고
한입 물고 토해내기를 반복하는 조개들의
공깃돌이 되기도 한다

상처의 아픔은 새로운 꿈을 꾸듯
부서져버린 내 몸뚱이는
태평양과 대서양을 지나온
쪽빛 바닷물과 만나
짭조름한 은빛 찬란한 모래밭을 만든다.

3부

멈춰진 삶, 그 안에 내가 있었다

엉덩이에 깔린 해

슬레이트 지붕은 세월을 말하듯
천장에서 한 방울씩 떨어지는 빗물
시멘트벽은 앞서거니 뒤서거니
경기장이 된 지 오래다

아리따운 아가씨 향기도
묻혀 버리는 어둠이 깔린 사무실
구석엔 시끄러운 자판 소리

깜박이는 형광등에 파리 한 마리
잡힐 듯 곡예 하며 놀리고
놀아주지 않아 혼자서 돌다가
지쳐버린 선풍기

허리가 뻐근해지는 시간
가로등 불이 안마해주는 시간이 돌아오면
뻣뻣한 눈은 핏줄이 서고
푹 파인 의자는 하루의 피곤을 씻는다.

오월, 아름다운 향기가 좋다

하품을 먹어가는 출근길
끝없이 펼쳐진 빨간불 뒤에
졸고 있는 운전대는 돌아가고

상념에 찬 얼굴은
창호지를 보는 듯 창백하다

배는 불러 허리띠 먹히고
묘한 감정은 손톱에서 작은 울림으로
메아리치고
까치는 내 주변을 돌아
편지 한 장 마음 엿본다

뜨겁던 햇살도 내려앉아
나무 그늘 쉬어갈 때쯤
날아든 행복 주머니 가슴에 담고
지친 하루 발걸음 나비가 된다.

가슴을 쓸어내리고

날씨도 목욕을 한 날

햇볕은 유난히 밝아 시선을 빼앗고
황구지천 용수 대교 머릿결 날리며
커브길 사거리를 지나고 있다

잡념을 먹어가며
좌회전하던 차량에 숨 막히는
“띠-띠-띠디딕”, 비상음이 숨넘어가고
어둠 속으로 사라져갔다

현실인지, 가상인지 머리엔 핏줄기
하얀 와이셔츠는 붉은 와인색으로
변해가고 있다

심장은 “쿵” 하고 내려앉고
다리는 후들거리고 가슴은 조여 왔다

날씨는 내 편이었다
사고의 순간 이런 느낌이었을 것이다

비상음이 울리는 짧은 순간
ABS는 깊숙이 작동하고
안전띠는 상체를 감싸며
거꾸로 감고 있었다

차량은 크게 흔들리며
앞차와의 간격은 벚꽃이 지나가는
거리에 불과했다.

봄바람 가슴에 담다

한가득 마셔도 좋다.

어제 마시던 그 맛보다
오늘은 더 향긋한 맛이 나는 게
그리움이 담겨있나 보다

아침도 그랬고, 오후에도 그랬다

오랜만에 가슴을 펴고
들뜬 마음 숨겨보지만
반짝반짝 부서지는 햇살과 구름
숨길 수 없다

살랑대는 바람에 온몸을 샤워하고
허공에 떠다니는
사랑의 언어들을 조합하며
가슴 뜨거운 사랑을
마셔 본다.

책 속에 잠들다

새싹 보송보송 피고
우쭐대며 자랐던 시절
무더위는
나를 성숙하게 했고

초록의 푸르던 손바닥
모진 풍파 견디며 아파해야 했던
수많은 날은 가고 없다

숭숭 뚫린 가슴 여미고
제각각인 모양 보잘것없지만
알록달록 옷을 갈아입으면
연예인 부럽지 않다

너도나도 허리 구부려
나를 찾느라 진땀 흘리고
예쁜 시집 안에 살짝 놓으면
나는 잠이 스르르 든다.

오늘의 충전은 내일의 희망이다

사각 링 안에서 전투하듯
시간과의 싸움 시작되고
상큼한 바람 쉬는 시간을 알린다.

푸짐한 백숙 한 그릇에 힘을 내어
다시 링 안으로 들어가 코피 터지도록
싸워보지만, 아직 역부족인가 보다.

어디에서 잘못된 것일까?

강력한 펀치에 몸은 화석이 되고머리는 기억상실증
에 걸린 것처럼
생각할 수도 없이 망가져버린다

햇살마저 숨어버린 회색 도시
미치지 않으면 살아 숨쉬기도 어려운
현실 앞에 무릎 꿇는 일은 없어야 한다

강력한 펀치 내게 힘이 되어준다
무엇을 찾고 무엇을 해야 하는지
방안 사각 링에서 하루를 뒹굴며
내일을 기다린다.

졸업

초침 아래 삼선 슬리퍼
손과 머리는 눈밭에 빠져있고
하얀 가루 빈 병에 가득 차니
뚜껑을 닫는 시간이다

금고처럼 관리했던 보관함
남들 앞에 입 벌린 적 없건만
헌신짝이 되는 순간이다

양지와 음지 속에 걸터앉아
단어를 엮어가며
새끼줄을 꽈왔던 청춘의 그림자는
선글라스 너머 알 수 없는
웃음과 박수를 받는다

깃털같이 가벼운 시간
중무장을 해제하고 돌아선 지금
발길은 가볍지만

왠지 모를 불안감은

떨칠 수가 없다

한고비를 넘었으니

향수

약은 독을 만들고
독은 아픔을 멈추게 한다

만물은 각자의 향기를 뽐내고
짙은 화장은 현실을 부정하듯
신세계를 찾느라 분주하다

꽃밭의 화사한 꽃을 보라

허리를 동여매고 숨을 참는 모습
가면 뒤에 가려진 표정
우스꽝스런 광대의 얼굴이
숨어있다

투명하게 비치는 유리병
작지만 강하게 울리는 울림은
변화를 추구한다는 것에 대한
긍정의 메시지인 것이다

흔들림은 고통을 말하고

비록, 아픔으로 다가온다 해도

당신의 존재만으로도

그 아픔은

행복으로 다가온다.

삶

춤을 추다
내려앉은 자리

너를 안고 나서야
잠들 수 있었다.

꽃비 내리는 독산성

메말라가던 심장에
단비가 내리듯
독산성 오솔길에 꽃비가 내린다

아낙네의 숨결이
고스란히 느껴지는 성곽을 밟고
가슴이 아려온다

곱상한 손과 행주치마
여명은 어느새 노을이 되고
허리는 흙투성이다

찢어진 손과 다리는
사랑스러운 아들을 지켜주었고
희망을 얘기했다

꽃비 내리는 독산성
굽은 오솔길처럼 굽은 허리
이제야 소리친다.

멈춰진 삶, 그 안에 내가 있었다

밤새 속고 속이는 세상
칼바람에 노숙자의 허리는 새우가 되어
움츠려보지만, 구멍 난 양말은
바람을 먹으며 허기를 채우고 있다

잊고 싶었을 순간이 지나고
가뭄에 논바닥처럼 갈라진 손으로
눈을 비비며, 하루의 생계를 걱정하느라
자갈돌은 수없이 돌아간다

어둠을 뚫고 달리는 마지막 칸에
칼에 살이 베었던 몸을 싣고
두두둑 소리를 내며 굽었던 허리를 펴본다

헝클어진 머리와 시궁창 냄새
비었는데도 앉지 않는 자리를 보며
코를 막고 멀찌감치 서 있던
지난날의 삶을 생각해본다

간간이 비추는 태양
빌딩은 파노라마처럼 눈을 스치고
멈춰진 시간 앞에 좌절도 죄라는 것을
소처럼 되새김질해본다

잊었던 기억을 되찾고
선글라스를 쓴 나를 다시 본다
아픔을 먹고 나서야!

태양 아래 웃음바다

태양의 열기 속에 숨이 막히고
이글거리는 아스팔트 위에 아이스크림은
연신 바닥에 떨어진다

분수대 앞 뛰어노는 아이의 웃음소리와
재잘대며 분수 쇼를 보는 엄마의 가슴은
풍선이 되어 하늘 위로 날아오른다

해님과 부딪쳐 예쁜 무지개 만들면
비눗방울은 할아버지에게 재롱부리듯
날아올라 향기와 꿈의 방울을 만들어
초롱초롱한 아이들에게 안겨주고 사라진다

광선총을 보듯 물줄기는 날아다니고
뛰고 숨느라 온몸은 불덩이가 되어가지만
호탕한 웃음소리는 끊이질 않는다

2층 카페에 앉아 한 편의 영화를 보듯
멋진 광경에 자리를 뜰 수가 없어
팥빙수 한 그릇을 더 시켜놓고 웃는다.

내일은 울지 않으리

탁 트인 호숫가 카페
허리 굽은 소나무 한 그루
세월을 누른 채 서 있다

세월의 상흔(傷痕)인가
고된 인생의 흔적(痕跡)인가

궁전 같은 테라스 카페
추억은 쓰디쓴 커피 잔에 담고
눈물은 호수가 된다

험난한 사막을 걷는 인생
잠깐의 오아시스를 만나고
지속한다는 착각에 우리는 산다

차를 내주는 사람에서
마시러 오는 사람이 되었을 때
불편한 현실은 찢어진 우산이다

녹이 슨 빨간 우산살 사이로
올려다본 하늘은
하염없이 울고 있다

이 비가 그치고 나면
울지 않으리

앞날을 알 수 없듯이
주인이 되어 있을 때와
손님으로 왔을 때는 다른 것 같다.

힘에서 가슴으로

옆을 볼 수도
옆을 봐서도
안 되는 시간이
이어져만 가고
몸은 점점 더 지쳐만 간다.

누가 시키지도
누가 시켜서도 아닌
나만의 자아를
찾아서 돌아다니는 시간은
날개를 단 것처럼
기분은 좋지만

똑같은 시간에
똑같은 작품을 쓰려 하고
한 줄 때문에 괴로워하는 모습
힘이 부쳐만 간

힘으로 만든 작품

따뜻한 가슴에 내어주고어지러운 세상

밝은 길로 인도한다.

가족애(愛)

중년에 들어서니
착착 감기는 트로트 멜로디
앞서거니 뒤서거니
배만 나오고

화목했던 가정
각자 인생 설계하며
길 찾느라 웃음꽃 사라지고
얼굴 볼 시간 없구나

흘러가는 구름
하늬바람 둥실둥실 떠가면
허전한 마음 뭉게구름
길동무하네

황금 들판 허수아비
참새 놀리며 옷 갈아입어 보지만
선글라스 낀 참새에겐 소용이 없고
비웃음만 짓는구나

참견하면 바뀔까

한 번 속고 두 번 속아가며

훈계했던 내리사랑

아들 앞에선 어쩔 수 없구나.

봄바람

아지랑이 사이로 피어나는
길 잃은 목표를 바라본다

걷다 포기한 슬픈 희망
절름발이 단벌 신사의 눈물은
빛 잃은 가로등이다

떨어지는 동그란 아픔은
손수건을 흠뻑 적시고 나서야
어깨는 제자리를 찾는다

누굴 위한 목표고
누굴 위한 행복인가

매섭게 몰아치던 바람
태양 아래 물오른 버들강아지 위로
소리 없이 봄은 오는가.

수국의 마음

잔잔한 사랑의 향기
출렁거리는 가슴 안고 심장 깊은 곳
당신을 향한 마음은 수국입니다

흰둥이랑 잘 놀다가도
마음에 안 든다면서 가끔은
변덕이 심해서 토라지기도 하고

다시는 놀지 않겠다고
빨간 금을 긋자며 달려드는 모습은
냉정하기도 하죠

지친 삶 속에 방전되어 갈 때면
슈퍼맨처럼 나타나 희망의 충전을
가득 채우고 가기도 한답니다

하얀 목련과 같은 그녀지만
목련과는 또 다른 어린아이 마음을 가진
사랑스러운 소녀랍니다.

꿈꾼 세상, 카메라 너를 안다

하늘을 뒤덮은 울창한 숲
정글을 연상케 하고, 굽은 비포장도로는
분명 신세계였다

깊은 웅덩이와 바위틈을 헤치고
빠르게 통과하는 엔진 소리
깜짝 놀란 박새는
허둥지둥 날갯짓한다

거칠게 달리던 차량
숲이 우거진 원시림을 얕잡아본 걸까?

돌부리에 걸린 지프는 덜컹거리며
하늘로 치솟고
하늘과 땅을 보며 움찔한다

기가 죽을 만도 한데
아랑곳하지 않고, 앞만 보고 달린다

경쾌하게 들리는 라디오 소리

거친 엔진 소리는 무기력한 심장을

요동치게 한다.

바람이 스친 자리, 치유하며 걷다

뛸 수 없는 것이 아니라
걷는 것이다

거친 숨소리와 등줄기 방울은
하얗게 변해가고
향나무 길은 끝없이 펼쳐져 있다

묶어 놓은 리본은
익숙해져 가면 갈수록
정신은 희미해진다

메아리 속 고통은 침묵이다

해방도 없다

무의식 속에 잠자고 있던
자아(自我)를 찾아 떠나는 여행
리본은 없다.

연꽃에 실은 마음

하늘로 솟은 꽃대는
님 생각에 목이 빠지게
하염없이 기다리고

두 손 모아 받쳐들은
분홍의 꽃은 님에 대한 향수요
기다림이다

울적한 마음
이른 새벽 연잎 옥구슬 하나씩
만들고

아침햇살 비추면
무지개 구슬 되어 님 오시기만
기다리네

바람의 향기
뭉게구름 되어 지날 때면
혹시나 하고 쳐다보네요.

자연을 벗 삼아

하늘 아래 팔 벌려
그늘 만들고 초록 물결
앞길 인도하네

썩은 냄새 데굴데굴
온몸 적시고 다리는 풀려
하늘을 날고 있네

산 중턱 늘솔길 접어드니
나는 형체도 없이 사라지고
아무것도 없네

팔랑대는 하얀 날개를 보니
나비가 되었나 보다
새가 되기도 하고 나무와 바람이 되기도 했다

각본 속의 짜인 삶
시간의 운명 잠재우니
이제야 발가벗은 웃음 정겹네.

젊은 날의 초상(肖像)

참으로
오래만에 맡아보는
맛이다

쇳가루와 기름 냄새
고향에 온 것 같은 기분 좋은
냄새가 온몸을 적신다

공장 한가득 풍기는
젊은 날의 애환을 찾는 듯
이곳저곳 기계를 둘러보며
맞장구치며 회상한다

배부르게 먹어도
배고픈 시절이었기에
손톱의 기름때는 내 가슴에
훈장이다.

4부

너에게
길을 묻다

당신은 아름다운 사람입니다

아름다운 들꽃이
만발하고, 군락(群落)을 이룬다 하여
아름답지는 않습니다

아름다움은 그 모습을 보고
평가해주는 사람이 있어야
비로소, 아름다울 수 있는 것입니다

미스코리아 대회장에서도 볼 수 있듯이
아름다운 사람이 많다 하여

보잘것없는 학벌과 스펙
좌절과 불만으로 허송세월 보내는 것보다
무언가를 찾아 해보는 것이
중요하단 생각이 듭니다

끊임없는 노력 뒤에

당신의 가치를 알아봐주는 사람이

분명 있을 것입니다

당신은 아름다운 사람입니다.

곁에 두고 싶은 사람이 있습니다

앞도 보이지 않는
깜깜한 숲속을 혼자서 걸을 때
당신은 나의 길동무가 되어
길라잡이를 자청했지요

답답하고 일이 안 풀릴 때면
당신은 졸졸 흐르는 시냇물 소리와
새소리를 들려주며
마음을 정화시켜 주셨지요

한 계단을 오르고, 또 오를 때마다
당신이 쌓아 올린
돌탑의 수는 점점 더 늘어만 가고
승승장구할 수 있었지요

당신은 그런 사람입니다

잘난 척하는 것을 보지도 못했고
그 사람이 잘되기를 빌어주며
해맑은 웃음으로 조잘조잘대곤 했지요.

긴 머리는 아니지만
생머리 날리며, 가슴 따뜻하게 다가온
백치미(白痴美) 같은 사람입니다

당신은 나만의 향기입니다

오늘 밤에도
긴 여행을 하며, 당신을 만나고 싶네요.

회식

소 한 마리
회식자리에 말도 없이 침범하고
침략자를 처단하듯
너도나도 폭풍 흡입하며
처단에 나선다

침략자는 그뿐이 아니었다

소주와 맥주
벌컥벌컥 크으
침략자의 저항이 대단했다
다 처단했다 싶으면
깡패처럼 몰려다니며 쳐들어오고
말아서 휘감아 침략자를
처단하기 시작했다

몇 시간 동안
침략자와 싸워야 했고
상처투성이가 된 몸을 이끌고

달빛도 침략당해 비 오는 거리

뚜벅뚜벅 발길을 재촉하지만

마음 같지 않다.

너에게 길을 묻다

볼을 때리는 너의 손은
고추보다 맵다

종잡을 수 없는
너의 행동에 나는 길을 잃고
목적지도 없는 길을
몇 바퀴째 돌고 있다

산속 길은 험했다

헛도는 바퀴, 굉음을 내며
애마는 울부짖고
빙판길에 중심을 잃고 나서야
정신을 차려본다

충혈된 눈은
뜰 수도, 감을 수도 없다

허황한 꿈을 꾸며

정신없이 헤매고 있는 게 아닌가

묻고 싶다

지금 가고 있는 길이

비포장 길이 아니길 바라면서

궁평항, 갈매기 날다

곧게 뻗은 방파제와 소나무
기분전환 드라이브 코스 밟으며
달려간 궁평항

개발의 끝은
어민의 희생을 요구하지만
국가 어항답게 상생하는 모습이
멋지고 아름답다

짭조름한 바다 향 물씬 풍기고
갈매기 안내 따라 달려간
전망대

철썩이는 거친 어민들의 삶
온실 속 화초는 알 수 없는
삶을 잠시 들여다본다

망둥이 잡이에 여념이 없는
낚시꾼과 연인들의 재잘거림

손을 뻗어 과자를 채가는
갈매기, 너도나도 하늘 향해
손을 뻗는 모습 또한 광경이다

바다 위에 떠 있는 붉은 노을
지난날의 나 자신을 돌아보며
허물을 벗고

세찬 바람 미동 없이
하늘을 날고 있는 갈매기처럼
흔들림 없는 인생 살아보세.

물고기 하늘을 날며, 인연을 만들다

해풍과 빨랫줄

태양을 맛보며, 하늘을 날고 있는

과메기의 육즙은 익어가고

기름은 바닥에 떨어져 쫄깃하며

고소한 맛을 내는 것이

소고기를 먹는 듯 살살 녹는다

추운 한철에나 볼 수 있는 맛

김과 초장, 마늘, 물미역, 고추와 곁들이면

입안은 어느새 구룡포 해안을 따라 날고 있는

갈매기가 되어, 짭조름한 바다의 향을

가득 느끼게 한다

소중한 사람과의 저녁 파티

이구동성 끝없는 찬사는 이어진다

쪽빛 바다 물결 누비고

태양이 내리쬐는 하늘 날며, 새롭게 태어난 것처럼

한 잔의 기억은

내 삶에 들어온 아름다운 인연의

신호탄이 될 것이다.

네가 있어 좋아

피곤함에 지친 나를
안쓰러운 눈빛으로 바라보다
살며시 가슴을 내어주네요

아무 말도 하지 않고
물어보지도 않고
그냥 그렇게 안아주네요

떨리는 가슴 쿵쾅 소리에
한 발짝 물러서보지만
그럴수록 꼭 안아주네요

햇살 뜨거운 여름
더울 만도 하지만 그대가 있으니
시원하고 좋네요

포근함에 잠시 잠이 들고
나를 감싸고 있는 행복의 바람은
살며시 내려놓고 가네요.

삶, 남기노라

잘살아야 한다는
말을 남기고 간 그대는 정녕
잘살고 갔는가

아침 햇살은 다른 날보다
밝기만 한데, 앞을 가리고 있는 것은
정녕 어둠이더냐

춤을 추며 웃는 모습
아련한데, 떠나간 그대는
나의 뇌리에 남아 숨을 쉬는구나

미련도 없는 세상
떠나야 하는 그날이 온다면
잘살아야 한다는 말을 남기노라.

동그라미

갈 데도 없는데
가슴은 새벽부터 요동치고
어딘가 가야만 할 것 같은 기분이
나를 지배한다

화창한 날씨 온몸을 부추기고
뾸난 엉덩이 이기지 못해 허락한다
신나는 클럽 음악에 반응하고
살아 있음을 느끼게 한다

목적지도 없는 운전대
쿵쾅거리는 클럽 음악
도로에 점선을 남기고
뒤죽박죽 뭉쳐있던 쓰레기
하늘 향해 날리고 있다

달리다 정신을 차려보니

매일 달리던 그 길을 지나고 있고

맹목적으로 다니던 그곳이

삶의 원천(源泉)이다.

배려는 사랑입니다

그대의 마음을 알면서
속상하게 하는 이상한 버릇이
있는 것 같다

실은, 생각의 차이인데 말이다

생각은 지극히 개인적이라
어느 초점에서 바라보느냐에 따라
결과는 정반대가 되기도 한다

안타깝지 않은가

사랑하는 사람과 싸운다는 것이
말이다

해는 벌써 뉘엿거리고 있는데
밀고 당기며
주도권 싸움을 하느라

허기진 배는 동력을 잃어 가고
망망대해를 헤매고 있지 않은가

연료 손실을 자초하다
같은 방향의 바다를 초점 없이
바라본다

둥근 보름달은
알고 있는 듯 환하게 밝히며
서로를 감싸 안는다.

현실도피

태울 수 없는 고민을 팝에 맡기고

말갛게 물든 막걸리

한 주전자에 몸을 담가본다

타들어 가던 목구멍 가뭄을 해갈하듯

시원하게 내리는 비를 흠뻑 마신다

미숫가루와 밤을 섞어서 만들었는지

아주 고소하고 달콤하면서 향이 좋다.

나지막이 들리는 아름다운 목소리

내 귓가를 간지럽히고 있다

몇 주전자를 동무 삼아 같이 놀다 보니

몽골의 광활한 초원을 날고 있다

풀을 뜯는 염소들과 아이들

세상의 문명을 가로지르는 그들만의 삶

그 속에 들어가

나는 환하게 웃고 있다.

가면을 벗어버려요

때 묻은 인생
물수건으로 닦아 보지만
묻어나기만 하네요

분필처럼
천생이 하얗다면 모를까
인생은 살면서
검은 때가 악마처럼
깊숙이 파고들지요

남의 인생이라
곶감 빼먹듯 달콤함으로
유혹하는 인생이
불쌍하기만 하네요

부럽다 한들
그 사람이 될 수 없듯이
탐하는 인생
개척하며 살아가면 좋으련만

양날의 칼

일을 잘하는 사람이 있다면
그 옆엔 못하는 사람도
존재하기 마련이다

벌어질 일을 예상하며
능동적으로 행동하는 사람이 있고
지시를 받고서야 일을 하는
수동적인 사람도 있다

다른 사람보다 잘한다며
우쭐대는 사람도 있고
못하는 사람을 비아냥거리며
놀려대는 사람도 있다

윗사람이 있을 때 잘하는 사람
겉으로 비치는 모습만으로
판단하여 묵묵히 일하는 사람이
피해 보는 현실도 존재한다

날아가는 칼날 위에
진실을 올려놓을 것인지
아니면 거짓을 올려놓을 것인지는
양심의 무게에 달려 있다.

당구

구슬 하나 데굴데굴
인생 굴러가듯 잘도 굴러간다

시원스럽게 때리는 인생
그 뒤에 허무함도 같이 가고
웃음도 따라간다

맞다 싶으면 빗나가고
온몸을 비틀며 살아가지만
뜻대로 안 된다

기대며 돌고 나서야
어쩌다 한번 운수 대통하는 날엔
막걸리에 파전 한 사발

함박웃음에 눈물짓고
인생 한 잔에 어깨동무 웃음
황금빛 인생이로다.

수국 필 때면

꽃과 꽃이 한 송이가 되고
사람과 사람을 행복하게 하는
그런 네가 좋다

너를 보면 사랑하는 사람과
반지를 나누며 미래를 약속했던
순간이 떠오르고

하늘 향해 날아간 너를
잡으려 몸싸움하던 친구들이
생각나기도 한다

순백의 아름다운 향기는
너로 인해 더 빛이 나고
믿음을 주기도 했다

햇살 가득한 여름이 오면
창공을 날아올라 푸르른 초원에
순백의 꽃잎을 뿌려본다.

흐릿한 조각, 방에서 세상을 품다

아련한 조각을 찾아 작은 점부터
위에서 아래로 점점 넓혀보니
가로수와 자동차
사람들과 애완견이 보인다

오래된 조각이라 깨지고 흠집이 나 있다

남의 집을 기웃거리며 훔쳐보고
단단한 조각을 찾아 나선다

골과 골 사이로 내리는 빗물로
손과 발을 씻었던 흐릿한 조각
뛰어놀던 뒷골목의 거리를
동무들과 뛰며 술래잡기를 한다

전봇대에서 숫자를 세는 아이
고무줄놀이 하는 아이

화살표를 클릭하여 골목을 나서니

찾고 싶었던 꿈의 한 조각을

베어 문다.

너를 내려놓는다

끝없는 고통은
행복의 밑천임을 그땐
알 수가 없었다

행복은 그렇게 시작된다

아픔은 더 아프게
슬픔은 더 슬프게 하지만
참지 못할 고통도
이젠 웃으면서 보낸다

꼬깃꼬깃 접어 두었던
사랑이란 두 글자
아주 먼 여행을 보낸 듯
향기는 흐릿하다

시도 때도 없이
찾아왔던 가슴 통증은
조금씩 사라져 간다

너를 잊는 것이 아니라
너를 내려놓는 것이다.

물오른 웃음꽃

봄 향기
한 모금 마시고
한 발을 내디딘다

추위에 갇혀 있던
남산만 한 배
어정쩡한 걸음은 나무뿌리에
걸리고야 한탄한다

짙은 갈색 옷을 입고
조용히 동면에 들어갔던
나지막한 서봉산

물오른 가지마다
희망과 정열이 가득하고

울긋불긋 청춘의 웃음꽃은
정상에 다다를 때까지
쉼 없이 피어난다.

구름은 비로 말한다

태양을 먹어버린 구름
혓바늘 돋아 고통 속에 눕고
진통제 한 알은 아픔을 멎게 한다

텅 빈 머릿속을 걷고
수다를 떨며, 같이한 시간
빈 벤치만 덩그러니
봄을 맞이한다

얇아진 옷차림은
이국적 풍경으로 남고
살 속을 스며드는 소소리바람
힘겹게 홀로 서 있다

어둠은 눈물이 되고
삶의 전부였던 그대는
빗물이 된다.

하얀 셔츠는 빗속을 걷는다.

당신의 아침

풀 위에 이슬이
살짝 내려앉은 시간
풀벌레 소리 잠시 발걸음을
내려놓고
한참을 바라보며
그대의
아침을 생각합니다

피곤하다는 소리에
툭툭 털고 일어났는지
궁금하기도 하고
아픈 데는 없는지
걱정되는
마음의 아침입니다

높아져만 가는
파란 하늘과
하얀 솜사탕 같은 뭉게구름을
보고 있으면

당신의 편지가
전해지는 것 같아
행복해집니다

당신을 위한
행복의 기도는 내일도
아침을 열고
당신의 카푸치노
사랑은
오늘보다 더
아름다운 하모니로
내달릴 겁니다.

결혼 20주년

주름만 늘었지
당신과 함께한 시간은
그대로인 것 같소

진해로 내려가
늦은 벚꽃을 보고
동해안을 따라 강원도 여행했던 그날

흰머리를 날리며
비바람과 막히는 도로를 뚫고
거제도에서 본 당신은 아름다웠소

바람의 언덕에
우산을 쓰고 있는 그때 그 소녀를
본 것 같았소

당신을 위한 여행
같이 살아줘서 고맙고
나도 행복했소.

나무

바람이 왼쪽에서 불면
오른쪽으로 살짝 기울었고
누가 시키지 않아도 우리는 그랬다

같은 하늘 아래 비를 맞기도 했고
때론, 눈을 같이 맞으며
손을 뻗으면 닿을 만한
바로 옆에 서 있다

가끔은 손을 뻗어
옆구리 살짝 콕 찌르면
간지럽다며 웃음을 참지 못했던
짝꿍이다

아무리 가까워도
우리는 바라만 볼 뿐
서로를 안을 수 없는 사이지만
서로의 간격이 있기에
더 행복한 사이다.

막걸리

콘크리트 축대 벽이
길을 막고 서 있는 도심
소박하고 진솔한 친구와의 만남은
내겐 행복이었다

환희의 순간에 제일 먼저
떠오르는 친구가 내 곁에 있어서
외롭지 않았고
기쁨을 나눌 수 있어서 좋았다

산들바람이 불 때면
들에 앉아 말을 안주 삼아 나누던
한잔의 추억도 좋다

슬픈 회색 도시의 그림자
상현달 아래 비틀거리는 어깨동무
너와 함께라면 어디든 좋다.

합격을 위한 기도

추운 겨울 대문에
엿을 붙이고 기원하는 모습
심심치 않게 본다

베짱이의 모습이었다면
아무리 많은 엿을 붙인다 해도
어림도 없을 것이다

뿌린 자에게 새싹이 돋듯
차근차근 밟아 오른 자만이
기쁨을 누릴 수 있다

어사 박문수가 그랬듯
칠장사에 간절한 마음 빌고
행보를 같이해본다

대입준비에 여념이 없는 아들과
국가시험을 준비하는 아내를 위해
먼 길을 달려 기도한다.

백 년의 사랑 나무

떠올랐다 지기를
수십 년, 수백 년 동안 한자리에서
허물을 벗고 입으며
말없이 길을 걸어갑니다

때론, 강한 비바람에
허리가 삐는 부상도 있었고
팔을 잃는 심각한 상황도 있었지만

가슴을 내어준
당신의 깊은 사랑이 있었기에
참을 수 있었답니다

가끔은 하늘의 자식이라는
착각의 늪에 빠져서
오르지도 못하는 하늘을 오르려
안간힘을 쓰기도 했답니다

하늘에서 내려다 본 그대는
자만과 허영덩어리로 뭉쳐버린
키 작은 난쟁이에 불과한데 말입니다

오늘은 버리려 합니다

하늘을 찌르듯 올라가기만 했던
사랑 나무의 썩은 가지를 말입니다

내일은 다른 해가 뜨겠지요

백년을 기다린
사랑 나무 위에 행복의 바구니
올려놓았으니 말입니다.

5부

나만의 향기를 찾아

달력

꿈을 좇아 달려온 시간이
내겐 더없이 소중했고
잠재되어있던 피 끓는 열정도
확인할 수 있었노라

돌부리에 넘어져 코피가 날 때도
하늘을 바라봤고
미친 듯이 달려온 한해가
병신년(丙申年)이로구나

바닥에 떨어지는 한 장
고생했다는 말 한마디에
쓸쓸한 마음 위안으로 삼고
파노라마처럼 사계는 지나가는구나

뱃속 저 밑에서 꿈틀거리는
원대한 욕망은 열정을 더해
못다 이룬 꿈을 펼치는
정유년(丁酉年)이 되리라.

합격통보

화려한 포부가 있어도
불가항력으로 접어야 했던
지난날의 학창시절

세월은 흘러 중년이 되고
바늘은 대못이 되어
가슴을 후벼 파고 있었다

빼앗긴 삶을 되찾으려
공인중개사 학원 등록하고
닭과의 싸움은
일상이 되어 있었다

슬프고 슬픈
역사를 매듭짓고
화려하게 출발하던 날

사랑하는 아내의 얼굴에
짠 비는 하염없이 내린다.

남겼으니, 행복했노라

단잠에 빠져 코를 골고

뒤척이며, 꿈속에서 헤매던 개미

문득,

잠에서 깨어나 문을 열어본다.

공기의 흐름과 습도는 안테나를

피해갈 수 없었다

이불을 덮고 있는 집은

어제보다 포근하고 아름다웠다.

하얀 꽃송이는 발걸음 소리도 없이

살며시 내렸지만

개미의 촉 앞엔 허사였다

하지만,

얼마나 더 맞출지 모른다

봄부터 쉼 없이 짊어 메고, 날라

곡간에 적재(積載)하고 보니

팽팽하고 푸르렀던 잎은 떨어진 낙엽처럼

주름만 가득하다

하얀 꽃송이

태어날 때 내렸던 하얀 꽃송이

세상 가듯 인생 간다

고개를 빳빳이 치켜들고
안하무인(眼下無人) 격이라
가을 문턱을 넘어서니
세상 이치를 알았나 보다

시곗바늘이 한 바퀴가 돌고
몇 바퀴가 모여 하루가 되듯
세상은 돌고 돌아
또 다른 나를 만드는구나

바닷바람 좋아서 뛰놀던
시절은 가고
뼛속까지 파고드는 바람에
허기만 진다

찾는 사람이 하나 없어도 외롭지 않고
자연 앞에 무릎 꿇고
세상의 기쁨과 슬픔을 내려놓으니
편안함이 그지없구나.

목련

사랑했노라
바닥에 떨어져 추하게
보일지라도

당신만을
한없이 기다리며
사랑했노라.

빗방울

쌀뜨물에서 헤엄쳐봐야

구수한 밥의 향기를 알 수 있듯
향기 잃은 그림자와 어깨동무한들
무슨 의미가 있겠는가?

비바람은 향기를 멎게 하고
기름을 짜듯 조여 오는 가슴에
비는 온종일 내린다

각을 세운 밥상머리
냉이와 거침없는 고추장은
폭풍우가 지나간 어울림이다

눈길 잃었던 젓가락
구수한 냉이 웃음에 허리띠 풀고
박박 긁었던 누룽지
끓어 넘치는 가마솥의 맛은
박장대소로다

촉촉이 젖은 풀잎 위로

그대의 투명한 사랑 올려놓고

오늘도 내일도 바라본다.

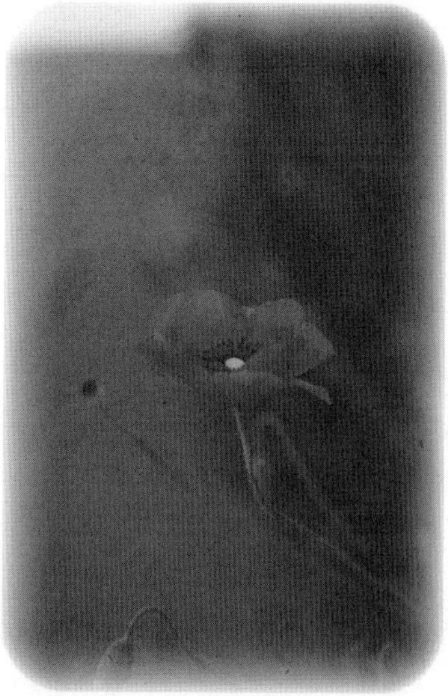

나만의 향기를 찾아

강아지풀 뜯어 얼굴에 갖다 대면
깜짝 놀라 팔짝 뛰는 모습에
한바탕 웃음이 터지곤 하지요

귀엽고 앙증맞은 모습에
강아지라고 이름 붙였을 거라고
생각하니 더 귀엽고 예쁘네요

꼬리를 살랑대며 졸졸 쫓아다니면서
귀찮게도 하고 성가시게 하지만
나만의 향기는 사랑스럽기만 하지요

앙증맞은 상자에 사랑을 가득 담아
꿈속을 지나 해님과 사랑 대화 나누다가
책상에 예쁜 마음 놓고 가네요

행복의 땀을 닦을 수 있는 마음과

아름다운 글로 희망을 안겨주고

건강을 챙기라며 한껏 향기를 남기고 간

나만의 향기를 찾고 싶네요.

간절한 외침

붉은 석양
지평선에 묶어놓고
풀 뜯는 사슴의
간절한 외침

먹고 먹히는
살벌한 초원의 정적과
한가로움

흔들리는 풀
뿔 하나에 포복하는 사자
고양이 앞에 쥐로구나

무서운 사자보다
목마름이 더 강한 것처럼
희망을
갈구하며 살아가리라.

내일을 향해

성공이란 단어 속에
한순간에 꽃을 피울 수는 없듯이
하루살이도 하루를 살기 위해
1년이 넘는 시간 속에
꽃을 피우고 생을 마감한다

빈둥빈둥 서성대는 공사현장
일을 안 하는 것처럼 느끼지만
한눈팔고 있다 보면
멋진 건물이 눈앞에 다가온다

하늘은 맑은데 구겨진 삶은
휴지통에 들어간 쓸모없는 종이처럼
빛의 그림자로 살았다면
한걸음부터
세상을 향해 소리쳐보자.

쉼, 잠시라도

갯버들 암꽃 찾아 날아오르고
호숫가 주변을 천방지축
뛰어노는 웃음소리

조용한 곳을 찾아
노란 유채꽃밭으로 향하는
연인과 중년

샛노란 유채꽃 향기 따라
연인은 사랑의 포즈를 과감히 날리고
중년은 눈치 보느라 뻣뻣하다

품격과 품위에 사로잡혀
웃음을 잃은 중년
노란 물결 유채꽃 길을 따라
넥타이를 풀어본다

풀어헤친 하얀 와이셔츠

조여만 오던 현실의 벽을 허물고

자유의 노란 물결

희망의 향기에 흠뻑 젖어본다.

봄을 향한 꿈을 꾸다

끄트머리 눈발
타들어 가는 장작은 황홀하다

얼어버린 가슴
촛불처럼 빛나는 검은 눈동자
긴 머리 향기에 눈은 녹아내리고
곱은 손을 잡아본다

카푸치노 입맞춤
아슬아슬한 꿈의 대화
켜켜이 쌓인 먼지를 털어낸 항아리
숙성된 묵은지는 더욱더
감칠맛이 난다

하얀 숲속 자작나무
그대와 걷는 오솔길을 따라
크고 작은 발자국은 하나가 되었다가
둘이 되기도 한다

가슴을 열고 마신

한 줌의 공기를 나눠 마시며

꿈을 꾼다.

용주사 가던 날

좋은 것과 안 좋은 것
나쁜 것과 하기 싫은 것은
마음속에서 매일 충돌하고
선택의 갈림길에 선다

마음의 풍요와 위안으로 삼으려
확신이 없는 불안한 길을 선택한다면
마음은 항상 어둠에 싸여
하루도 빠짐없이 근심 걱정일 것이다

난, 오늘도 선택했다

그 선택은 옳았고
대웅전과 천불전을 번갈아가며
무릎 꿇고, 공손히 기도를 올렸고
근심 걱정에서 해방되었다

누구의 가르침이든 중요하지 않다

옳은 것과 그렇지 못한 것
세상을 바라보는 현명한 눈을 가진다면
마음의 풍요는
언제나 나와 함께할 것이다.

처절한 싸움

덜컹덜컹 요란한 빈 수레
벌컥벌컥 마셔도 타들어 가는 목구멍과
굽은 철판을 내리치는 요란한 망치 소리
심장은 덜컹 내려앉는다

창끝이 눈을 찌르던 밤
마귀할멈 손톱은 얼굴을 할퀴고
가슴에 고였던 핏물은
터져 흥건하지만
누구와도 타협은 없다

진흙탕 웅덩이 깊숙이 빠져
헛돌던 수레바퀴
잠을 못 자며 어둠 속에서
외롭게 흘려야 했던
눈물을 차곡차곡 올리고 나서야
묵직한 수레는 간다.

가을에 날리다

비처럼 내리는
노란색 단풍잎 떨어지는 거리
풍선 한 개를 들고 가는
아이의 손을 잡고
바바리 코트를 날린다

벤치에 앉아
들리지 않는 노래를 들으며
어깨 위에 단풍은 물들어가고
하나의 풍경이 되어간다

노랗게 물든 거리
한두 장 날기 시작하더니
온통 검게 만드는 회오리바람
솟구치는 풍선과 단풍잎
폐부에 꽁꽁 감추었던
삶의 그늘도
회오리에 날려 보낸다.

그래도 삶은 내 편이다

투박하고 거친 손
폐지를 줍고, 청소 업으로 연명한 삶
그들에게도 꿈과 희망이 있듯이

자유를 만끽하고, 유행에 뒤떨어진다 하여
고급 파카를 사달라고 하며
어리광을 부리는 철없는 아이에게도
있을 것이다

쉽게 쓰고, 쉽게 버리는 삶
누군가에게는 헐벗고, 굶주린 나날이
있을 것이고
세상을 원망하며, 달빛 속에 묻혀
살아가는 그들에게도
있을 것이다

진흙탕 속에서 화려하게 피어나는
연꽃을 보라

지금의 삶이 그대를
낭떠러지로 밀어내고 있다 해도
꿈틀거리는 원대한 꿈 앞에선
무릎을 꿇을 것이다

당신을 위해서 묵묵히
기도하는 사람이 있기에
달빛 그림자는
태양을 이기지 못하리라.

내일, 희망을 품다

발 없이 날 듯
웃음 뒤에 태양은 없고

어둠의 갈퀴만 숨어
짐승의 썩은 입 냄새만
풍기고 있다

짙은 안개는 세상을 감추려
애써 보지만

둥근 세상 돌고 돌아
숨어본들
무슨 의미가 있으랴

상흔이야 남겠지만
단단한 살이 되어
험난한 세상 살아가리라.